반짝

그림 현태준

유쾌한 상상력이 가득한 만화, 일러스트레이션, 사진, 순수 미술 등 다방면에서 활동하고 있는 전방위 예술가입니다. 만화가 겸 수필가 혹은 장난감 연구가로도 불리지요. 취미생활에 관한 책을 쓰고 만드는 것을 좋아하며 〈뽈랄라 대행진〉, 〈아저씨의 장난감 일기〉, 〈뿌지직 행진곡〉, 〈오늘도 뽈랄라〉 등 몇 권의 책을 세상에 내놓았습니다. 그동안 모아온 장난감으로 홍대 앞에서 '뽈랄라수집관'을 운영하고 있습니다.

반짝

글 고상한 그림책 연구소 | **그림** 현태준

상상의집

나는 김똘똘이.

다들 아빠랑 내가 붕어빵이란다.
아들이 그럼 아빠 닮지 뭐, 당연한 걸 가지고.

엄마는 맨날 입버릇처럼 말한다.

"이 닦았니?" "좀만 있다가요."

"당신 씻었어요?" "이것만 보고."

"어쩜. 하는 짓도 저렇게 똑같을까. 우리 집엔 아들이 둘이라니까."

아들이 둘인데도 기뻐하는 것 같지는 않다.

바보
Reds!
TV

"똘똘아, 아빠 배꼽 좀 눌러 볼래?"

나는 시키는 대로 아빠 배꼽을 꾹 눌렀다.

"뿌우우웅!"

그런데 아빠가 요란하게 방귀를 뀌는 게 아닌가!

"뭐예요! 아빠!"

오늘도 아빠에게 좋은 걸 배웠다.

뿌우웅

"엄마, 제 배꼽이 이상해요. 한번 만져 보세요."

"배꼽이 이상해?"

엄마가 배꼽을 만지는 순간,

나는 엉덩이에 기를 모아 힘껏 방귀를 발사했다.

"뿌우우웅!"

"이, 이 녀석이!!"

Reds!

뿌우우웅!! 뿌우우웅!!

아빠와 나는 배꼽을 번갈아 눌러 가며

신나게 방귀를 뀌어 댔다.

"둘이 똑같아, 정말. 그러다 똥 싸겠다!"

엄마의 목소리가 높아지는 걸 미처 눈치채지 못했다.

Reds!

참다못한 엄마가 폭발하고 말았다.
"맨날 반짝반짝 닦아 놔도 소용없어!
둘이 목욕탕이라도 갔다 와요!"

"이게 다 네 녀석 때문이야."
"먼저 시작한 건 아빠라고요."
아빠와 나는 공원 의자에 나란히 앉았지만
마땅히 갈 데도 없고, 마땅히 할 일도 없다.
우리는 코딱지를 돌돌 말아 멀리 튕기기 시작했다.

Red
Red

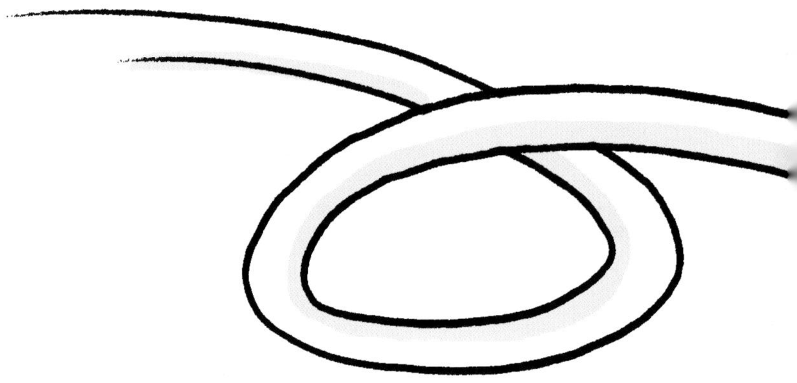

그때 축구공 하나가 의자 밑으로 굴러 왔다.
“우리 심심한데 코는 그만 파고…….”
“축구 좋죠!”

Reds!

아빠와 나는 물론 한 편이 되었다.
Reds!

누구도 우리를 막지 못했다.

아빠가 근처에만 다가가도 다들 나가떨어졌다.

"골인! 골인!"

나는 그 사이 멋지게 골을 넣었다.

Reds!
2

"내 아들이지만 정말 자랑스럽구나."

"제 아버지지만 정말 대단하십니다."

아빠와 나는 콜라를 높이 들고 축배를 들었다.

Reds
Reds!

집에 오자마자 우리는 텔레비전부터 켰다.

"똘똘아, 네가 먼저 씻어라."

"아닙니다. 아버지가 먼저 씻으셔야죠."

"그래? 그럼, 오 분만 이따가 씻자."

"좋은 생각이십니다."

그러다 그만 까무룩 잠이 들고 말았다.

'어? 저게 뭐지?'

왕 코딱지다!

손톱 때랑 귀지가 낄낄대며 쫓아온다.

"으아아악!"

나는 소리를 지르며 깨어났다.

Reds!

눈을 떠 보니, 사각의 링 안에서

아빠가 괴물의 현란한 암바 기술에 당하고 있다.

아빠를 도와드리고 싶지만, 나도 이미 넉 다운 직전이다.

"여보! 똘똘아!"

Reds!

구급차가 출동했다.

"어디가 아프시죠?"

"열이 펄펄 나요."

"내과 접수해 드릴게요."

"으아악! 이도 아파요."

"그럼 치과?"

"전 눈도 따갑고……, 콧물도 나고……."

"흠, 두 사람 다 온몸을 검사해 봅시다."

Red

주사를 수백 대는 맞은 것 같다. 엉덩이에 구멍이 뿅뿅뿅 났을 거다.

으아

"아버지, 괜찮으십니까?"

"방귀 뀔 힘도 없다. 먹을 것 좀 구해 오너라."

"당분간 금식이랍니다."

"에효, 텔레비전이나 켜 봐라."

"당분간 절대 안정이랍니다."

"할 수 없구나."

아빠의 손이 슬슬 콧구멍으로 향하기 시작했다.

"안 돼! 코딱지는 이제 그만!"

"아 참, 그렇지."

아빠와 나는 반짝반짝 새 인생을 살 것이다.

잘 될지 모르겠지만 그래도 건투를 빈다.

생각 톡

★ 나는 자라고 있어요!

'개구리 올챙이 적 생각 못한다.'는 속담이 있어요. 어른이 된 개구리가 올챙이였던 어린 시절을 까맣게 잊고 잘난 척 한다는 데서 생겨난 말이죠. 우리도 가끔 어릴 적 사진을 보며 깜짝 놀랄 때가 있어요. 내가 이렇게 작을 때가 있었나 하고 말이지요. 옛날 모습과 비교하지 않더라도 얼마 전까지 쓰던 옷이나 신발이 작아졌을 때, 체중계와 신장계의 숫자가 늘었을 때 우리는 자라고 있다는 것을 느껴요. 또 글을 읽거나 자전거를 타는 등 예전에 하지 못했던 일들을 할 수 있게 되었을 때도 성장하고 있다는 것을 느끼지요. 나의 달라진 모습과 할 수 있게 된 일을 바탕으로 성장 흐름표를 만들어 보세요. 성장하면서 내가 어떻게 달라졌는지 한눈에 살펴볼 수 있답니다.

★ 내 몸을 살펴요

'머리 어깨 무릎 발 무릎 발'이라는 노래에 맞춰 몸에 있는 각 부분의 이름과 위치를 확인해 보아요. 우리 몸에는 머리, 몸통, 팔, 다리가 있어요. 얼굴에는 눈, 코, 입, 귀가 있지요. 우리 몸의 각 부분은 저마다 역할이 있어요. 이들의 역할로 우리는 보고 듣고 말하고, 냄새 맡고 음식을 먹을 수 있어요. 공부나 운동, 여행을 자유롭게 하는 것도 모두 우리 몸 덕분이지요.

★ 내 몸을 깨끗이 해요

몸의 각 부분이 없거나 다친다면 어떨까요? 생활하는 데 어려움이 많을 거예요. 소중한 몸을 지키기 위해서는 몸을 깨끗하고 건강하게 다루는 습관이 중요해요. 특히 여러 물건을 만지는 손을 통해 쉽게 병균이 옮을 수 있어요. 외출하고 난 뒤에는 반드시 '손 씻기 6단계'에 따라 비누로 손을 닦아야 해요.

❶
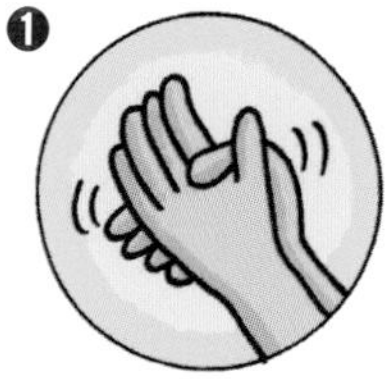
손바닥과 손바닥을 마주 대고 문질러 주세요.

❷
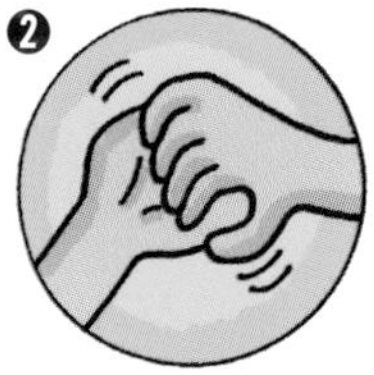
손가락을 마주 잡고 문질러 주세요.

❸
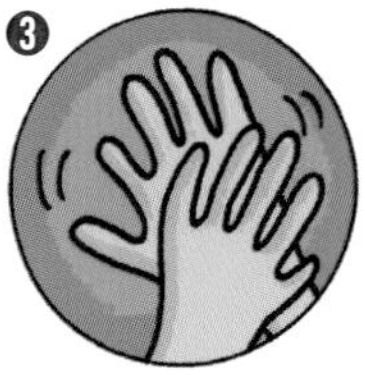
손등과 손바닥을 마주 대고 문질러 주세요.

❹
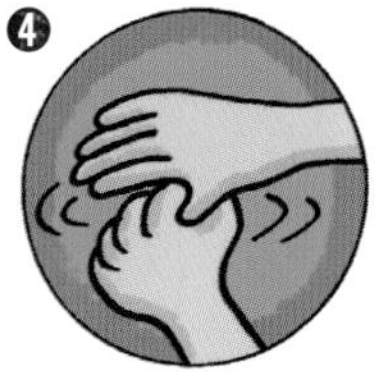
엄지 손가락을 다른편 손바닥으로 돌리면서 문질러 주세요.

❺
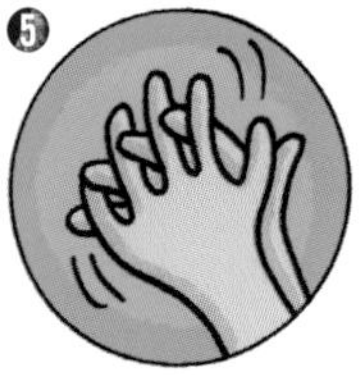
손바닥을 마주 대고 손깍지를 끼고 문질러 주세요.

❻
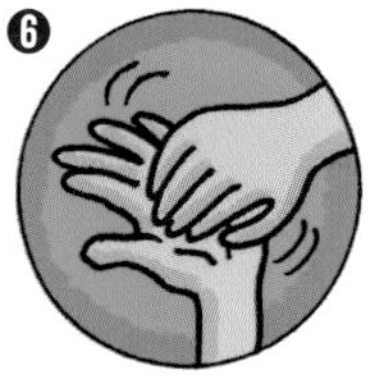
손가락을 반대편 손바닥에 놓고 문지르며 손톱 밑을 깨끗하게 해요.

매일 음식과 만나는 이도 마찬가지지요. 하루 3번, 식사하고 난 3분 뒤, 3분 동안 잇몸에서 치아 방향으로 칫솔을 회전시키며 닦아야 한답니다.

어금니 바깥쪽 닦기

어금니 안쪽 닦기

앞니 바깥쪽 닦기

앞니 안쪽 닦기

어금니 씹는 면 닦기

혀 닦기

상상 톡

몸에 좋지 않은 습관들 때문에 아파서 고생한 친구의 이야기 잘 읽었나요? '몸에 배인다'는 말처럼 한 번 생긴 나쁜 습관은 좀처럼 고치기 어렵지요? 몸의 건강을 지키고 잘 자라기 위해서는 좋은 습관을 가지는 것이 중요해요. 비단 몸의 건강뿐이 아니라 공부 습관, 생활 습관, 독서 습관 등 습관은 우리의 생활과 생각을 이루고 바꾸게 한답니다.

습관의 중요성에 대해서 많은 사람들이 명언을 남겼어요. 그만큼 습관이 중요하다는 뜻이겠지요? 〈자조론〉을 쓴 새뮤얼 스마일스는 자기 자신에게 성실할 것을 강조한 저술가예요. 새뮤얼 스마일스는 스스로를 돕는 것이 성공의 지름길이라고 말했어요. 스스로를 돕는 방법은 과연 무엇일까요? 바로 좋은 습관을 갖는 것이랍니다. 그래서 그는 '습관은 나무껍질에 새겨 놓은 문자 같아서, 그 나무가 자라남에 따라 확대된다.'라고 말하기도 했어요. 작은 것이라고 생각했지만 나의 성장과 함께하며 지워지지 않고 점점 커지는 것이 바로 습관이에요.

이야기 속 똘똘이는 아빠의 습관을 그대로 따라 하지요. 똘똘이와 아빠의 이야기를 읽은 어른들은 뜨끔했을지도 몰라요. '아이는 어른의 거울'이라는 말처럼 똘똘이의 습관은 아빠를 그대로 빼박은 것이니까요. 하지만 어른의 행동이라고 무조건 따라 해서는 안 되겠지요? 좋은 습관과 나쁜 습관을 스스로 생각해서 어른들의 좋은 습관만 따라 하면 좋겠지요. 어린 시절 좋은 습관이 몸에 배이면 어른이 되어서도 어렵지 않게 습관을 지켜갈 수 있답니다. '습관을 만드는 사람은 나지만 나를 형성하는 것은 습관이다.'라는 말처럼 스스로 자신의 습관을 돌아보고 미래의 나를 조금씩 더 좋은 나로 바꾸어 가면 어떨까요?

반짝

글 고상한 그림책 연구소 | **그림** 현태준
펴낸날 2022년 2월 15일 개정판 1쇄
펴낸이 김상수 | **기획 · 편집** 이성령, 권정화, 조유진 | **디자인** 문정선, 조은영 | **영업 · 마케팅** 황형석, 임혜은
펴낸곳 루크하우스 | **주소** 서울시 서초구 사임당로 50 해양빌딩 504호 | **전화** 02)468-5057 | **팩스** 02)468-5051
출판등록 2010년 12월 15일 제2010-59호

www.lukhouse.com
cafe.naver.com/lukhouse

ISBN 979-11-5568-512-9 64800
ISBN 979-11-5568-490-0 (세트)

※ 잘못된 책은 구입처에서 바꾸어 드립니다.
※ 값은 뒤표지에 있습니다.

상상의집